[前言]

台灣是個奇幻之島，
代代口傳下來的傳說：
「神明事蹟、林投姐、魔神仔、
夢到蛇就是土地公在找你 ...」
是我們的寶石。

重新發掘百年前真實存在的故事，
用它原本就應該說的語言，
講給我們的孩子聽。

予故事繼續行，
予台語袂孤單。

做伙來聽囡仔古！

線上收聽 QR Code
（台語漢字 + 羅馬拼音 + 華文字幕）

Tsin
奇幻！真台灣
來聽台語ê囡仔古

[目錄]

Jī-iâ tshuē kan-lo̍k

二爺揣干樂

故事｜章世和

繪圖｜林佾勳 (Meganlin)

鳳山古地
南勢街
西羅殿
祝保安廣
澤尊王聖
西羅殿

E-poo ê biō-tiânn, ū tsin-tsē gín-á teh sńg bih-sio-tshuē.

下晡的廟埕，有真濟囡仔咧耍覕相揣。

A-guân bih tī-leh tshiū-á āu,

阿源覕佇咧樹仔後，

siūnn-kóng bih teh tsia tsin-tsiànn tsán,

想講覕咧遮真正讚，

it-tīng bē khi hőng tshuē--tio̍h.

一定袂去予人揣著。

Tsit-ê sî-tsūn, hiông-hiông ū-lâng huah-tsit-siann: “Tshuē--tio̍h ah!”

這个時陣，雄雄有人喝一聲：「揣著矣！」

A-guân kiann-tsi̍t-tiô, tshiū-á lám-tiâu-tiâu,
阿源驚一趒，樹仔攬牢牢，

siūnn-kóng: Tsit-ê siann uì tó-uī lâi ê?
想講：這个聲對佗位來的？

Guân-lâi, sī bih tiàm-leh tshiū-á-tíng ê Jī-iâ lah!
原來，是覕踮咧樹仔頂的二爺啦！

A-guân kóng: “Hooh! Jī-iâ, sī lí ooh! Lí koh-lâi sńg bih-sio-tshuē ooh?”
阿源講：「譁！二爺，是你喔！你閣來耍覕相揣喔？」

Jī-iâ sī sîn-bîng ê kà-tsîng-tsiong-kun, Hú-siânn Se-lô-tiān ê Jī-iâ siōng ài kah gín-á sńg bih-sio-tshuē ah!

二爺是神明的駕前將軍，府城西羅殿的二爺上愛佮囡仔耍覕相揣矣！

lē piàn-tsó gín-á kah ta̍k-ke tsò-hué sńg, nā Jī-iâ bih ji̍p-khì biō-lāi,
伊會變做囡仔佮逐家做伙耍，若二爺覕入去廟內，

tō ē piàn bô--khì, ta̍k-ke lóng tshē-bô i.
就會變無去，逐家攏揣無伊。

A-guân siōng kah-ì Jī-iâ, tiānn-tiānn ē tsah thn̂g-á khì i ê sîn-tsun thâu-tsîng pài-pài.
阿源上佮意二爺，定定會紮糖仔去伊的神尊頭前拜拜。

Ū tsi̍t-kang, A-guân tsah i sim-ài ê kan-lo̍k beh sńg hōo Jī-iâ khuànn, m̄-koh...
有一工，阿源紮伊心愛的干樂欲耍予二爺看，毋過…

"Eh? Guá ê kan-lo̍k leh?

「欸？我的干樂咧？

Tú-tsiah guá m̄-sī e̍h tī tshiú--lìn?

拄才我毋是提佇手裡？

Ná-ē bô--khì?"

哪會無去？」

A-guân siōng ài ê hit-lia̍p kan-lo̍k bô--khì ah!!!

阿源上愛的彼粒干樂無去矣！！！

A-guân tsáu-khì kuī tiàm-leh Jī-iâ ê sîn-tsun thâu-tsîng khàu kóng:

阿源走去跪踮咧二爺的神尊頭前哭講：

"Hit-liap kan-lok sī gún a-pah tsò hōo-guá ê, he ông neh...kah lâng pí lóng m̄-bat su--kuè..."

「彼粒干樂是阮阿爸做予我的，彼王呢…佮人比攏毋捌輸過…」

Jī-iâ khuànn-tio̍h mā tsin m̄-kam, siūnn-kóng: "Khó-liân, háu kah án-ne, guá lâi kā tàu tshuē hó--ah."

二爺看著嘛真毋甘，想講：「可憐，吼甲按呢，我來共鬥揣好矣。」

“Lâi mn̄g Thóo-tī-kong peh-á khuànn-māi--leh, tsia hù-kīn ê tāi-tsì i lóng tsai!”
「來問土地公伯仔看覓咧，遮附近的代誌伊攏知！」

Jī-iâ lâi-kàu Thóo-tī-kong biō, tuā-siann huah kóng:
二爺來到土地公廟，大聲喝講：

“Thóo-tī-kong peh-á,
「土地公伯仔，

lí ū tī-leh bô?
你有佇咧無？

Guá Se-lô-tiān ê Jī-iâ lah!”
我西羅殿的二爺啦！」

福德正神

“Ooh, sī Jī-iâ ooh.”
「喔，是二爺喔。」

“Peh-á, A-guân phàng-kìnn tsi̍t-lia̍p kan-lo̍k,
「伯仔，阿源拍毋見一粒干樂，

lí kám tsai-iánn lak tī tó-uī?”
你敢知影落佇佗位？」

"Kan-lȯk ? Eh...Guá m̄-tsai neh..."
「干樂？欸 ... 我毋知呢⋯」

Jī-iâ tī Thóo-tī-kong peh-á hia mn̄g bô,
二爺佇土地公伯仔遐問無，

khuê-sìnn ia̍t leh ia̍t leh, lú siūnn lú kî-kuài.
葵扇擛咧擛咧，愈想愈奇怪。

"Hm...liân peh-á lóng m̄-tsai-iánn phah-ka-la̍uh tī-tó..."
「嗯…連伯仔攏毋知影拍交落佇佗…」

"Tsit-má sī iú-sî ah...Ah! Kám-ē sī khì hōo pe̍h-ba̍k ê kuí-kuài e̍h--khì?!"
「這馬是酉時矣…啊！敢會是去予白目的鬼怪提去？！」

Iú-sî sī e-poo teh-beh hông-hun ê sî-tsūn,
酉時是下晡咧欲黃昏的時陣，

tsit-ê sî-tsūn, sī iau-môo-kuí-kuài khai-sí tshut-hiān ê sî-tsūn！
這个時陣，是妖魔鬼怪開始出現的時陣！

"Guá suî lo̍h-khì tē-hú, lâi-khì tshuē Giâm-lô-ông!"
「我隨落去地府，來去揣閻羅王！」

Jī-iâ si-tián tshut tsǹg-tē ê huat-su̍t,
二爺施展出鑽地的法術，

siuh~! Tsi̍t-khùn-thâu tō lâi-kàu tē-hú.
咻～！一睏頭就來到地府。

地府

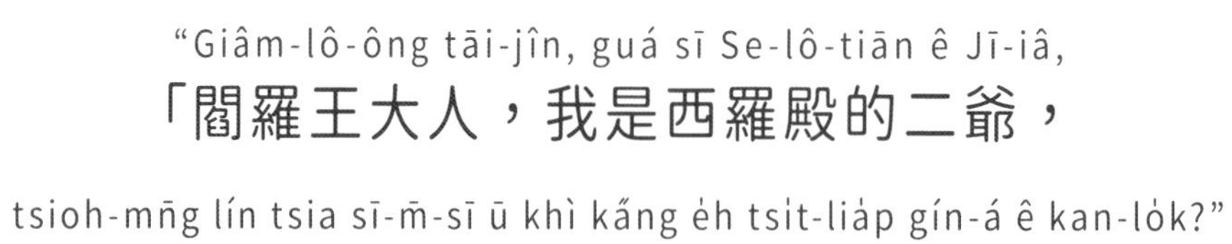

“Giâm-lô-ông tāi-jîn, guá sī Se-lô-tiān ê Jī-iâ,
「閻羅王大人，我是西羅殿的二爺，

tsioh-mn̄g lín tsia sī-m̄-sī ū khì kā ̋ng e̍h tsi̍t-lia̍p gín-á ê kan-lo̍k?”
借問恁遮是毋是有去共人提一粒囡仔的干樂？」

Giâm-lô-ông kám-kak hó-tshiò: “Kan-lo̍k?

閻羅王感覺好笑：「干樂？

Guá tuā-lâng ah, bô leh sńg kan-lo̍k.

我大人矣，無咧耍甘樂。

Eh, lín tsia sió-kuí, ū khì kā lâng the̍h kan-lo̍k bô?”

欸，恁遮小鬼，有去共人提干樂無？」

Pinn-á tsi̍t-tīn sió-kuí lóng bô kóng-uē...

邊仔一陣小鬼攏無講話⋯

Jī-iâ siū-khì ah!
二爺受氣矣！

“Lín-tsia ê sió-kuí!
「恁遮的小鬼！

Nā bô kau tshut-lâi,
若無交出來，

guá tō kiò gún Se-lô-tiān ê
我就叫阮西羅殿的

Kueh-sìng-ông-kong lâi kā lín lóng siu siu--khí-lâi!”
郭聖王公來共恁攏收收起來！」

Jī-iâ siū-khì pí Giâm-lô-ông koh-khah pháinn,
二爺受氣比閻羅王閣較歹，

tsia-ê sió-kuí tsiah kā kan-lo̍k theh-tshut--lâi,
遮的小鬼才共干樂提出來，

thâu-lê-lê kóng:
頭犁犁講：

“Guán tsò-hué leh sńg kan-lo̍k, a tō kiám tsi̍t-lia̍p,
「阮做伙咧耍干樂，啊都減一粒，

tsiah khì tíng-kuân kā hit-ê gín-á sing tsioh--tsi̍t-ē,
才去頂懸共彼个囡仔先借一下，

kuè nn̄g-kang tō ē hîng i ah...”
過兩工就會還伊矣⋯」

Kan-lo̍k tshuē-tio̍h ah!
干樂揣著矣！

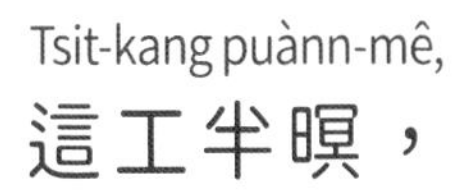

Tsit-kang puànn-mê,

這工半暝，

Jī-iâ thau-thau-á kā kan-lo̍k the̍h-khì khǹg tiàm-leh A-guân ê tsím-thâu pinn,

二爺偷偷仔共干樂提去囥踮咧阿源的枕頭邊，

tsin buán-ì ka-kī uân-sîng liáu tsit-ê khang-khuè.

真滿意家己完成了這个工課。

Keh-kang, A-guân tsah tsin-tsē thn̂g-á-piánn khì pài Jī-iâ, kám-siā Jī-iâ thè i tshuē-tio̍h kan-lo̍k.
隔工，阿源紮真濟糖仔餅去拜二爺，感謝二爺替伊揣著干樂。

Uì hit-kang í-āu, tsí-iàu ū mi̍h-kiānn phàng-kìnn,
對彼工以後，只要有物件拍毋見，

lâng tō ē khì pài-thok Se-lô-tiān ê Jī-iâ tàu tshuē, it-ti̍t kàu kin-á-ji̍t.
人就會去拜託西羅殿的二爺鬥揣，一直到今仔日。

鳳山古地
南勢街
西羅殿
祝保安廣
澤尊王聖
西羅殿
吉
春

二爺揣千樂

故事說明

主講：謝銘祐

- 歌手、音樂製作人、詞曲作者
- 曾獲兩屆金曲獎「最佳台語男歌手獎」及多項獎項
- 作品溫暖動人，關懷土地

關鍵字

《台灣風俗誌》
台南南勢街西羅殿
保安廣澤尊王
大爺、二爺＝七爺、八爺
酉時
西羅殿二爺的「特殊技能」

歡迎有聲聆聽！

輕鬆96.9
Chillax Radio

Pah-tsiok-tsin-jîn tī tshenn-mê-tsuâ

百足真人治青盲蛇

故事｜章世和
繪圖｜林佾勳 (Meganlin)

Hái-kînn-á ê tsng-á-thâu iū-koh khai-sí lo̍h tuā-hōo ah.
海墘仔的庄仔頭又閣開始落大雨矣。
Tsit-tsūn hōo, tuā-tsūn suè-tsūn, lo̍h sann-kang ah lóng bô thîng.
這陣雨，大陣細陣，落三工矣攏無停。
Tsng-á-lāi ê lâng hui-siông huân-ló, koh án-ne lo̍h--lo̍h-khì,
庄仔內的人非常煩惱，閣按呢落落去，
it-tīng tsò-tuā-tsuí, koh-lâi, tō ū khióng-pòo ê tāi-tsì ē lâi huat-sing...
一定做大水，閣來，就有恐怖的代誌會來發生…

In-uī lo̍h-tuā-hōo, khe-á-tsuí lóng ik--tshut-lâi,
因爲落大雨，溪仔水攏溢出來，
ū sann sì ê gín-á, tsáu-khì khe-á-pinn lia̍h-hî.
有三四个囡仔，走去溪仔邊掠魚。
“Uah! Lí khuànn, hî ū-kàu tsuē ê!”
「哇！你看，魚有夠濟的！」
“Ke lia̍h--tsit-kuá, ing-àm pun ta̍k-ke tsò-hué tsia̍h!”
「加掠一寡，下昏暗分逐家做伙食！」

Hong-hōo lú lo̍h lú tuā, luî-kong sih-nah,
風雨愈落愈大，雷公爍爁，

tsit-tak-mi-a niâ, khe-tsuí tō im kuè huānn.
一觸鞭仔爾，溪水就淹過岸。

Tsit-tīn gín-á kiann kah phih-phih-tshuah,
這陣囡仔驚甲咇咇掣，

kuánn-kín peh khì tshiū-á-tíng huah kiù-lâng!
趕緊蹈去樹仔頂喝救人！

Tsit-ê sî-tsūn,
這个時陣，
uì í-king hun bē tshing-tshóo sī hái-tsuí iah-sī khe-tsuí tiong,
對已經分袂清楚是海水抑是溪水中，
tshut-hiān tsi̍t-bué tuā-tsuâ, tsha-put-to ū tsa̍p tn̂g!
出現一尾大蛇，差不多有十丈！
Tī tsuí-tiong put-tuān leh phah-phún!
佇水中不斷咧拍翸！

"Lín khuànn! He sī siánn-mih ah?!"
「恁看！彼是啥物啊？！」

"Sī tsuâ-tsiann lah! Tsiok tuā-bué--ê! Guá ē kiann--sí!"
「是蛇精啦！足大尾的！我會驚死！」

"Eh, eh...uì tsia lâi ah!
「Eh，eh...，對遮來矣！

Uì tsia lâi ah! Kiù-lâng ooh!"
對遮來矣！救人喔！」

Khióng-pòo ê tāi-tsì huat-sing ah!
恐怖的代誌發生矣！
Tsuâ-tsiann tshut-hiān ah!
蛇精出現矣！
Tsit bué tuā-tsuâ tsí-iàu tú-tio̍h tuā-hong-hōo,
這尾大蛇只要拄著大風雨，
tō ē tshut-lâi hing-hong-tsok-lōng,
就會出來興風作浪，
hōo sóo-ū-ê lâng lóng tsin kiann-hiânn.
予所有的人攏真驚惶。

Tī-leh tsit kuí-ê gín-á lú-lâi-lú huî-hiám ê sî-tsūn,
佇咧這幾个囡仔愈來愈危險的時陣，

hong-ú tiong tshut-hiān liáu tsit-ê sian-hong-tō-kut,
風雨中出現了一个仙風道骨，

nn̄g phiat tshuì-tshiu tn̂g kah kiōng-beh kàu thôo-kha ê lō tō-sū.
兩撇喙鬚長甲強欲到塗跤的老道士。

I tsē tī tsit-tsiah sam-pán-á tíng-kuân,
伊坐佇一隻舢舨仔頂懸，

bān-bān-á lu lâi tòng tī-leh tsuâ-tsiann kah tsit-tīn gín-á ê tiong-ng.
慢慢仔攄來擋佇咧蛇精佮這陣囡仔的中央。

Kóng mā kî-kuài, lō tō-sū tsi̍t tshut-hiān, hong-hōo tō piàn sè-tsūn ah,
講嘛奇怪，老道士一出現，風雨就變細陣矣，

tse hōo hit bué tsuâ-tsiann tsin bô-huann-hí, mn̄g i kóng:
這予彼尾蛇精真無歡喜，問伊講：

“Lí sī siánn-mi̍h lâng, uī-siánn-mi̍h tòng tī tsia?”
「你是啥物人，爲啥物擋佇遮？」

Tsit uī lō tō-sū bān-bān-á kóng:
這位老道士慢慢仔講：
“Guá sī siu-tō ê lâng, Pah · tsiok · tsin · jîn.”
「我是修道的人，百・足・真・人。」

"Hah hah hah!"
「哈哈哈！」
Tsuâ-tsiann tshiò kah tsin tuā-siann, tshin-tshiūnn leh tân-luî-kong.
蛇精笑甲真大聲，親像咧霆雷公。
"Pah-tsiok? Guá án-tsuánn khuànn,
「百足？我按怎看，
lí mā khah tsit-siang thuí niā, tó-uī lâi ê pah-tsiok?"
你嘛較一雙腿爾，佗位來的百足？」

Lō tō-sū sán bóng sán, kong-uē mā-sī bē sè-siann:
老道士瘦罔瘦，講話嘛是袂細聲：
“Khó-ònn ê tsuâ-tsiann, oo-pe̍h phún, hāi-sí tsiah-tsē lâng,
「可惡的蛇精，烏白翸，害死遮濟人，
siōng-tshong phài guá lâi tī lí tsit-bué tshenn-mê-tsuâ!”
上蒼派我來治你這尾青盲蛇！」

Tsuâ-tsiann thiann i kóng-suah,
蛇精聽伊講煞，

sió-khuá gāng khì: “Lí kóng guá tshenn-mê-tsuâ...”
小可愣去：「你講我青盲蛇⋯」

“Siánn-mih leh tshenn-mê-tsuâ! Guá tsí-sī bak-tsiu khah bái--niā!”
「啥物咧青盲蛇！我只是目睭較穤爾！」

Tuâ-tsiann thiann-tio̍h lō tō-sū mē i sī tshenn-mê-tsuâ,
蛇精聽著老道士罵伊是青盲蛇，

hui-siông siū-khì, thòo-tshut tn̂g tsi̍h beh kā lia̍h.
非常受氣，吐出長舌欲共掠。

M̄-koh, lō tō-sū ê kang-hu tsin-hó,
毋過，老道士的功夫真好，

tshin-tshiūnn huat si̍t-á kāng-khuán, tī khong-tiong pue-lâi pue-khì,
親像發翼仔仝款，佇空中飛來飛去，

tsuâ-tsiann án-nuá lia̍h mā lia̍h-bē-tio̍h.
蛇精按怎掠嘛掠袂著。

Tse sī tsi̍t-bué siu-liān kuí-nā pah nî ê tsuâ-tsiann.
這是一尾修練幾若百年的蛇精。

Tsit-ê sî-tsūn, lia̍h-kông ê i, kui-sin-khu lóng tshìng--khí-lâi,
這个時陣，掠狂的伊，規身軀攏衝起來，

tshin-tshiūnn pn̄g-sî-tshìng kāng-khuán, ba̍k-tsiu koh phùn-tshut âng-sik ê hué,
親像飯匙銃仝款，目睭閣噴出紅色的火，

óng lō tō-sū kah gín-á hit-pîng phún--kuè!
往老道士佮囡仔彼爿翸過！

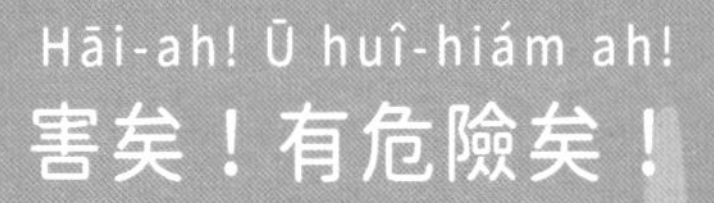

Hāi-ah! Ū huî-hiám ah!
害矣！有危險矣！

Tī gín-á lóng iáu-koh bē-hù ai--tshut-lâi ê sî-tsūn,
佇囡仔攏猶閣袂赴哀出來的時陣，

lō tō-sū í-king pue-kàu in ê sin-khu-pinn, tsit-ê king-kah kng tsit-ê,
老道士已經飛到個的身軀邊，一个肩胛扛一个，

kha-tsiah-phiann koh phāinn nn̄g-ê, tsiong in lóng kiù khì khong-tiong!
尻脊骿閣揹兩个，將個攏救去空中！

Pue-khí-lih khong-tiong ê lō tō-sū, huat-tshut tsha̍k-ba̍k ê kim-kng,
飛起去空中的老道士，發出鑿目的金光，

piàn-tsó tsi̍t-tsiah kiann-thinn-tāng-tē ê pah-tsiok tuā-giâ-kang!
變做一隻驚天動地的百足大蜈蚣！

"Siánn-mih! Kìng-jiân piàn-tsó tsit-tsiah giâ-kang!"
「啥物！竟然變做一隻蜈蚣！」

Tsit bué tsuâ-tsiann suah-lâi tio̍h-tsenn-kiann.
這尾蛇精煞來著生驚。

Tsit-ê sî-tsūn, tsit tsiah tuā-giâ-kang tō iōng i ê tsit-pah ki kha,
這个時陣，這隻大蜈蚣就用伊的一百肢跤，

tsiong tsuâ-tsiann tsit-tsat tsit-tsat lia̍h-tiâu-tiâu.
將蛇精一節一節掠牢牢。

Lō tō-sū guân-té ê nn̄g phiat tshuì-tshiu piàn-tsó giâ-kang ê to̍k-gê,
老道士原底的兩撇喙鬚變做蜈蚣的毒牙，

tuh jip-khì tsuâ-tsiann ê sin-khu, hōo i bē-tín-bē-tāng,
揬入去蛇精的身軀，予伊袂振袂動，

kā i só tī-leh khe-té só-tiâu-tiâu.
共伊鎖佇咧溪底鎖牢牢。

Hong-ú kuè--khì, tsuâ-tsiann bô--khì ah, khe-tsuí mā hue-ho̍k guân-lâi ê pîng-tsīng.
風雨過去，蛇精無去矣，溪水嘛恢復原來的平靜。

Tsi̍t-pah-guā nî lâi, Pah-tsiok-tsin-jîn huà-tsò Giâ-kang-tīn,
一百偌年來，百足真人化做蜈蚣陣，

kāng-khuán tī-leh tsng-á-lāi sûn-sī,
仝款佇咧庄仔內巡視，

bô-beh hōo tsit-bué tshenn-mê-tsuâ koh tshut-lâi hāi-lâng.
無欲予這尾青盲蛇閣出來害人。

百足真人治青盲蛇

故事說明

主講：林昶佐

・中華民國第 9 － 10 屆立法委員
・「閃靈」樂團主唱、作詞人、作曲人
・曾獲金曲獎「最佳樂團獎」等多項獎項
・支持平權，關心台語文化

關鍵字

曾文溪 = 青盲蛇
百足真人
蜈蚣陣
世襲

歡迎有聲聆聽！

講謎猜ê魔神仔
Kóng bī-tshai ê môo-sîn-á
故事｜章世和
繪圖｜Min 王科閔

A-thài-á kah A-suat-á sī hiann-muē-á,
阿泰仔佮阿雪仔是兄妹仔，

ū tsi̍t-kang kah tuā-lâng tsò-hué khì suann-tíng bán tshài,
有一工佮大人做伙去山頂挽菜，

nn̄g-ê lâng sńg kuè-thâu, tsáu kah tsiok hn̄g ê.
兩个人耍過頭，走甲足遠的。

In sńg-sńg-leh ua̍t-thâu khuànn, suah lóng khuànn-bô tuā-lâng,
個耍耍咧越頭看，煞攏看無大人，
kan-na thiann-tio̍h tshiū-hio̍h-á siann sa-sa-kiò,
干焦聽著樹葉仔聲沙沙叫，
kui lia̍p suann buē-su kan-na tshun in nn̄g-ê niā...
規粒山袂輸干焦賰個兩个爾…

Tsit-ê sî-tsūn,
這个時陣，
thâu-tsîng thu̍t-jiân-kan tshut-hiān tsi̍t-ê nî-huè kah in tsha-put-to ê gín-á,
頭前突然間出現一个年歲佮個差不多的囡仔，
khiā-tī lōo-tiong-ng kóng: “Kiau guá tshit-thô.”
徛佇路中央講：「交我迌迌。」

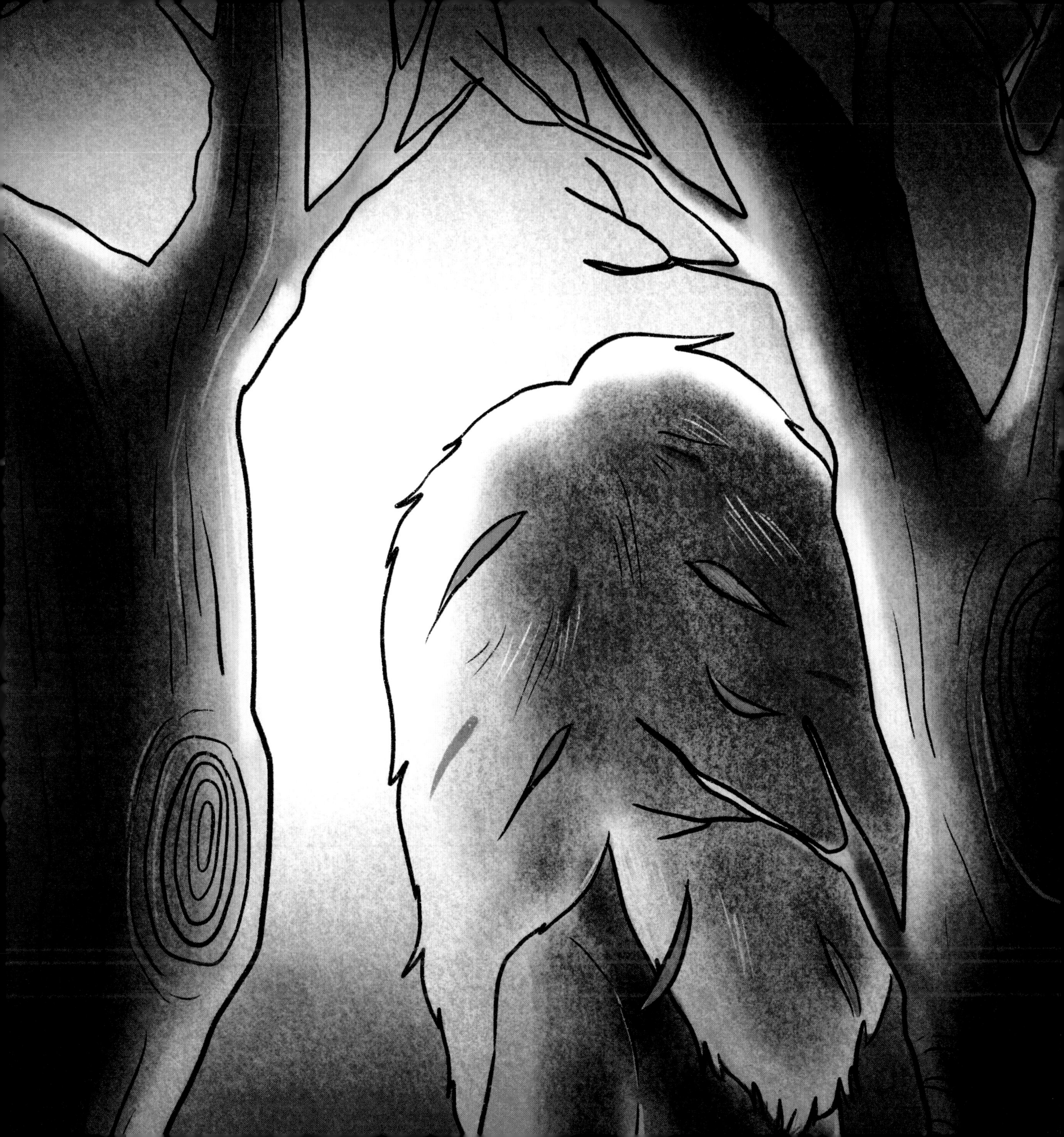

Hiann-muē-á nn̄g-ê kiann-tsit-tiô, siūnn-kóng,
兄妹仔兩个驚一趒，想講，
ná-ē hiông-hiông khiā tsit-ê gín-á tī-hia, tsim-tsiok kā khuànn...
哪會雄雄徛一个囡仔佇遐，斟酌共看…
Ai-iō-uê! Khuànn--sī gín-á,
唉呦喂！看是囡仔，
ah-m̄-kò bīn sī tshenn-ê, koh huat nn̄g-ki liâu-gê!
猶毋過面是青的，閣發兩支獠牙！
I it-tīng tō sī tuā-lâng kóng--ê môo-sîn-á!
伊一定就是大人講的魔神仔！

Hiann-muē-á nn̄g-ê phi̍h-phi̍h-tshuah, mn̄g i kóng:
兄妹仔兩个咇咇掣，問伊講：
“Lí...lí sī siánn-mih-lâng? Hōo-tsò siánn-mih miâ?”
「你⋯你是啥物人？號做啥物名？」

Môo-sîn-á kóng: “Guá bô miâ. Kiau guá tshit-thô.”
魔神仔講：「我無名。交我迌迌。」
Nn̄g-ê lâng kiann bóng kiann, iah-m̄-kò mā bô-huat-tōo, tsí-hó mn̄g kóng: “Beh tshit-thô...tshit-thô siánn-mih?”
兩个人驚罔驚，猶毋過嘛無法度，只好問講：「欲迌迌…迌迌啥物？」

Môo-sîn-á kóng :
魔神仔講：
“Ioh bī-tshai, guá tshut-tê,
「臆謎猜，我出題，
bô ioh-tio̍h, tō hōo lín tsia̍h-tsháu.”
無臆著，就予恁食草。」

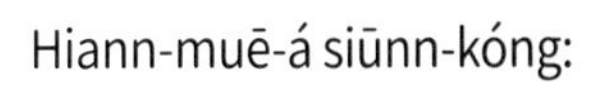

Hiann-muē-á siūnn-kóng:

兄妹仔想講：

“Gún ah m̄-sī gû,

「阮抑毋是牛，

tsia̍h siánn-mi̍h tsháu ah...?! ?! ?!”

食啥物草啊…？！？！？！」

Môo-sîn-á suà-lo̍h-khì kóng:
魔神仔紲落去講：
“Tsi̍t-hāng mi̍h-kiānn nńg-nńg, hōo lí gia̍h to tshiat bē tn̄g.”
「一項物件軟軟，予你攑刀切袂斷。」

A-thài-á huah kóng:
阿泰仔喝講：
“Í-king khai-sí--ah nih?!”
「已經開始矣呢？！」

A-suat-á suî ioh-tio̍h, i kóng: “Hit-hāng mi̍h-kiānn sī ‘tsuí’.
阿雪仔隨臆著，伊講：「彼項物件是『水』。

Guá khì khe-á-pinn sé-sann ê sî-tsūn, khuànn khe-á-tsuí sui-jiân nńg-nńg,
我去溪仔邊洗衫的時陣，看溪仔水雖然軟軟，

ah-m̄-kò lóng bē tn̄g, lâu buē thîng.”
猶毋過攏袂斷，流袂停。」

"Ai-iō! A-suat-á, lí ná-ē tsiah gâu lah!"
「哎喲！阿雪仔，你哪會遮勢啦！」

"Hah hah hah! Ioh-tio̍h ah honnh! Gún kám ē-tàng tsáu--ah?"
「哈哈哈！臆著矣乎！阮敢會當走矣？」

A-thài-á tsin huann-hí.
阿泰仔真歡喜。

Iah-m̄-kò môo-sîn-á kè-siok tshut-tê:
猶毋過魔神仔繼續出題：
“Tíng-suann ha̍p ē-suann, tiong-ng tsi̍t-tè gû-bah-kuann.”
「頂山合下山，中央一塊牛肉乾。」

A-thài-á ū tām-po̍h-á siū-khì, kóng:
阿泰仔有淡薄仔受氣，講：
“Koh-beh kè-sio̍k ioh nih?!”
「閣欲繼續臆呢？！」

Môo-sîn-á bô kóng-uē,
魔神仔無講話，
bán tsi̍t tuā me thôo-kha ê tsháu-á e̍h tī tshiú--lìn.
挽一大搣塗跤的草仔提佇手裡。

A-thài-á tsiok tuā-siann kā huah:
阿泰仔足大聲共喝：
“Sī ‘tshuì’ lah! Gún a-pah kóng, ài kóng-pe̍h-tsha̍t,
「是『喙』啦！阮阿爸講，愛講白賊，
Giâm-lô-ông ē kā guá ê tsi̍h
閻羅王會共我的舌
tòng-tsò gû-bah-kuann tsia̍h!”
當做牛肉乾食！」

Môo-sîn-á khì hōo in ioh-tio̍h nn̄g tê, bīn-sik ná-tshiūnn ê lú lâi lú tshenn ah...
魔神仔去予𪜶臆著兩題，臉色若像的愈來愈青矣⋯
I kè-sio̍k tshut-tê: “Pe̍h hue-kan tshah tshenn hue-ki.”
伊繼續出題：「白花矸插青花枝。」

Hiann-muē-á tsi̍t sî ioh bô, mn̄g kóng: “A...tse sī-beh ioh siánn?”
兄妹仔一時臆無，問講：「啊…這是欲臆啥？」
? ?

Tshiú the̍h tsi̍t tui tsháu-á ê môo-sîn-á iū-koh kóng tsi̍t-pái:

手提一堆草仔的魔神仔又閣講一擺：

“Pe̍h hue-kan tshah tshenn hue-ki.”

「白花矸插青花枝。」

A-thài-á tsin kín-tiunn, kûn-thâu-bú tēnn-tiâu-tiâu,

阿泰仔真緊張，拳頭拇捏牢牢，

siūnn-kóng nā ioh buē tshut-lâi, tō beh kah i piànn--ah, ná ē-tàng hōo A-suat-á tsia̍h-tsháu lah!

想講若臆袂出來，就欲佮伊拚矣，哪會當予阿雪仔食草啦！

Tsit-ê sî-tsūn, A-suat-á kóng: “Guá tsai!”
這个時陣，阿雪仔講：「我知！」

A-thài-á tsin huân-ló, ua̍t-thâu mn̄g kóng:
阿泰仔真煩惱，越頭問講：
“A-suat-á, lí kám tsin-tsiànn tsai-iánn?”
「阿雪仔，你敢真正知影？」

“Sī ‘tshài-thâu’! Lán tshài-hn̂g-á ê tshài-thâu khuànn-khí-lâi tō
「是『菜頭』！咱菜園仔的菜頭看起來就

tshin-tshiūnn sī pe̍h hue-kan tíng-thâu tshah tshenn hue-ki!” A-suat-á tsin ū tsū-sìn.
親像是白花矸頂頭插青花枝！」阿雪仔真有自信。

I tsi̍t kóng suah, môo-sîn-á tō bô--khì ah, tú-tsiah môo-sîn-á khiā ê sóo-tsāi
伊一講煞，魔神仔就無去矣，拄才魔神仔徛的所在

kan-na tshun thôo-kha ê tsi̍t tui tsháu-á. A-suat-á ioh-tio̍h ah!
干焦賭塗跤的一堆草仔。阿雪仔臆著矣！

Nn̄g-kang í-āu, tī suann-kha ê Thóo-tī-kong biō tshē-tio̍h in hiann-muē-á nn̄g-ê,
兩工以後，佇山跤的土地公廟揣著個兄妹仔兩个，

tuā-lâng mn̄g in tsit nn̄g-kang tsáu khì tuē, in suah lóng buē-kì-eh ah.
大人問個這兩工走去佗位，個煞攏袂記得矣。

Ah-m̄-koh, tsū hit-kang í-āu, A-thài-á piàn-tsó tsiok ài-tsia̍h tshài-thâu,

猶毋過，自彼工以後，阿泰仔變做足愛食菜頭，

liân i ka-tī mā m̄-tsai-iánn sī uī-siánn-mih.

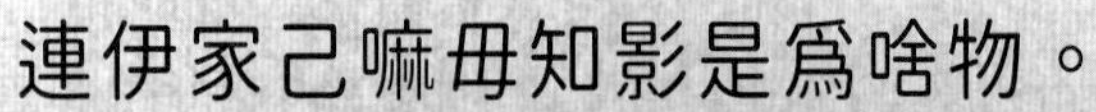

連伊家己嘛毋知影是爲啥物。

講謎猜ê魔神仔

故事說明

主講：黃越綏

- 前總統府國策顧問
- 「財團法人國際單親兒童文教基金會」創辦人
- 婚姻、兩性作家，也以台語寫詩

關鍵字

什麼是「魔神仔」？
《台灣風俗誌》
謎猜 = 謎語
被「魔神仔牽去」

歡迎有聲聆聽！

特別感謝

施景川 (茶壺叔)：
本書因他講述的西羅殿二爺故事而生

謝奇峰先生
許森凱先生
吳政憲道長
洪瑩發博士
胡淑貞老師
石牧民老師
張裕宏顧問
黃浩倫老師
三川娛樂有限公司
台南南勢街西羅殿主任委員 王敏星先生
財團法人良寶宮

黃越綏老師
謝銘祐老師
林昶佐委員

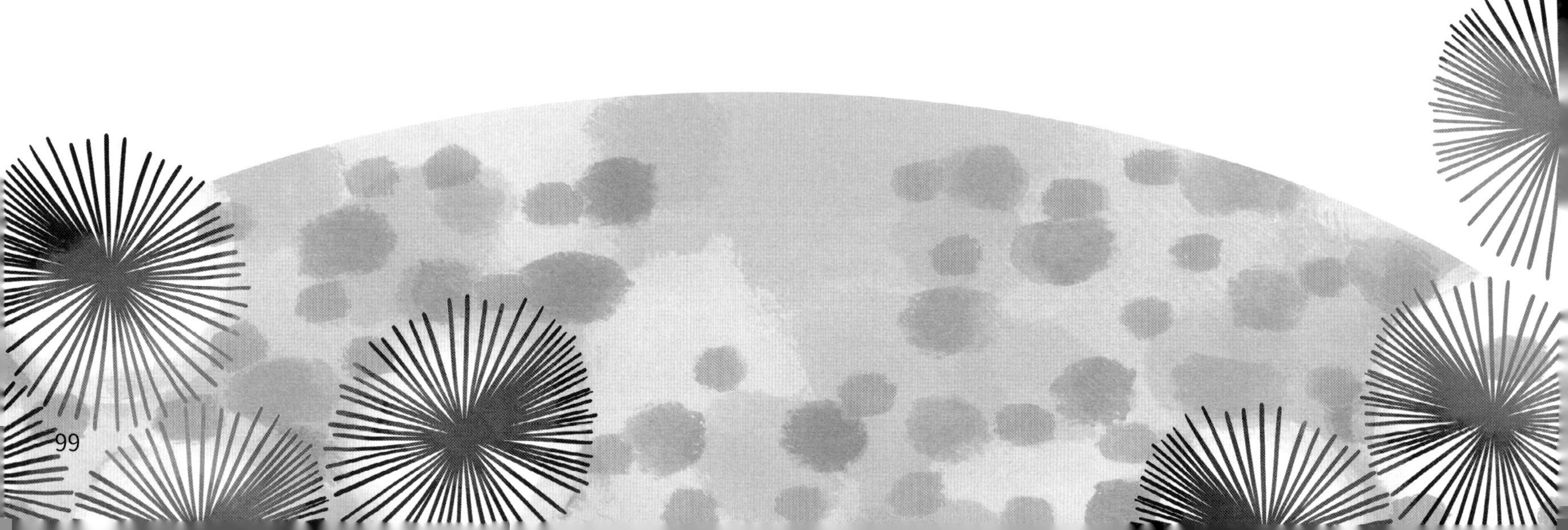

奇幻！真台灣

Tsin

來聽台語 ê 囡仔古

製作人	章世和
故事	章世和
繪圖	林佾勳 (Meganlin)、Min 王科閔
封面設計	林佾勳 (Meganlin)
有聲錄製	林芳雪（故事）
	黃越綏、謝銘祐、林昶佐（故事說明）
片頭音樂	潘琪妮
聲音剪輯	seho
音樂提供	三川娛樂
混音與母帶後製	黃浩倫
錄音室	輕鬆電台 Chillax Radio、浩世音樂
行銷	巴洛克整合行銷、貝殼放大
印刷	承彩企業有限公司
初版	2021 年 10 月
定價	NT$1,150
出版	基隆輕鬆廣播電台股份有限公司
地址	基隆市中正區義一路 122 號 3 樓
電話	02-2425-2528
網址	www.legendstory.com.tw
代理發行	前衛出版社 台北市中山區農安街 153 號 4 樓之 3 TEL : 02-2586-5708、FAX : 02-2586-3758

奇幻！真台灣 — 輕鬆電台 Chillax Radio

輕鬆 96.9 Chillax Radio

故事：章世和

資深台語人、專業音樂人、輕鬆廣播電台台長。

創建《奇幻！眞台灣》台語兒童有聲繪本的初衷是：「不想孩子忘記爸爸的語言」。

有聲：林芳雪

台灣聲優天后，從事配音工作已 45 年，精通台語、華語。知名配音有：獅子王、我叫金三順、風中奇緣 2、幸福三溫暖等等。電影戲劇配音：華語超過 60 部、日韓超過 20 部、歐美超過 50 部。

繪圖：林佾勳 (Meganlin)

法國里昂第二大學（Université Lumière Lyon II）整合多媒體設計系碩士，目前旅居法國，開設個人工作室。除了與法國當地業者合作，也與台灣的公司合作。繪畫風格溫暖浪漫，帶點奇幻靈性感受。

繪圖：Min 王科閔

國立雲林科技大學視覺傳達設計系畢業，喜歡畫人，把畫圖視爲療程，是快樂的來源。和家人一起經營企劃品牌「太陽蛋工作室」，以生活的地方：木柵指南山爲題材，製作戶外實境探險遊戲《指南山妖獸傳》和《仙公案前朵貓貓》，後者更出版了遊戲故事的短篇插畫集。

國家圖書館出版品預行編目資料

奇幻！眞台灣 ：來聽台語 ê 囡仔古 / 章世和故事；林佾勳 (Meganlin), Min 王科閔繪圖 . -- 初版 . -- 基隆市：基隆輕鬆廣播電台股份有限公司 , 2021.10
面； 公分
ISBN 978-986-06960-0-4(精裝附光碟片)

863.596 110012620